Eckart Hachfeld, Jahrgang 1910, promovierter Wirtschaftsjurist, fand nach Entlassung aus der Kriegsgefangenschaft das adäquate Betätigungsfeld für seine satirische Begabung: Er schrieb Kabarettprogramme, unter anderem für Werner Fincks ›Mausefalle‹, viele Texte für das Düsseldorfer ›Kom(m)ödchen‹ sowie zahlreiche Funk- und Fernsehbeiträge für den SFB (›Scheibenwischer‹) und andere Sender.
1954 startete er seine wöchentliche Versglosse »Amadeus geht durchs Land«, die noch heute im ›Stern‹ weiterläuft, und verfaßte bis jetzt eine dreibändige Weltgeschichte in Reimen mit Zeichnungen von Ernst Maria Lang.

Für kritische,
aufmüpfige,
unangepaßte Geister,
z.B. für Rainer
und – von Sabine

Herausgeber
Dr. Rolf Cyriax

BIBLIOTHEK DER
DEUTSCHEN WERTE

Die Deutsche Seele

GEWÜRDIGT VON

ECKART HACHFELD

Knaur

Originalausgabe 1988

Umschlaggestaltung Adolf Bachmann, Reischach
Umschlagillustration Dieter O. Klama, München
Foto Seite 1 © *stern* Hamburg, Foto Anders
Satz Appl, Wemding
Druck und Bindung Ebner Ulm
Printed in Germany
2 4 5 3 1
ISBN 3-426-02726-7

Einleitung

Ihr glücklichen Augen,
was je ihr gesehn,
es sei, wie es wolle,
es war doch so schön!
Goethe

Das Auge ist der Spiegel der Seele – na klar! Aber die Wechselwirkung zwischen Pupille und Seele funktioniert natürlich auch umgekehrt: Was durch den Glaskörper aufs Gemüt strahlt, formt die Seele. Wo sie jubeln soll, muß sich das Auge zu Hause fühlen, und das Auge duldet nicht, was die Seele beleidigt. Der Abstinenzler wird sich kein Saufgelage in Öl aufhängen, der Vegetarier kein Stilleben mit Hirschkeule und Fasan und der Schwule keinen weiblichen Akt. Umgekehrt lassen Seestücke mit sturmgeschwellten Segeln auf den Besitzer eines Surfbretts schließen, und wo der Petersdom von der Wand grüßt, sollte man nicht unbedingt mit einem Witz über die Pfarrersköchin ins Haus fallen.

Zeige mir deine Bilder – und ich sage dir, wer du bist! Das soll nun kein Lehrsatz sein, der immer und überall stimmt, aber eine Faustregel. Um sie zu erhärten, soll hier der Versuch gemacht werden, den bürgerlichen Raumschmuck der letzten hundert Jahre in Beziehung zu setzen zum Seelenkostüm seiner Besitzer und daraus eine Bildergalerie Deutscher Werte aufzubauen.

Erwarten Sie nun bitte keine wissenschaftliche, tiefenpsychologische Analyse, wenngleich der Komplex vielleicht auch dem standhalten würde. Nehmen Sie diese Studie als satirischen Versuch eines Zeitgenossen, der das Bildermuseum der Deutschen Bürgerseele selbst durchwandert hat und nun, rückblickend ohne Zorn, sich und anderen den Katalog des Geschauten und Erlebten noch einmal schmunzelnd aufblättert. Wo die ketzerische Kunstkritik den Ärger oder Zorn des Lesers wecken sollte, möge er das Bändchen dennoch nicht in die Ecke feuern; Ärger ist bekanntlich der Stuhlgang der Seele – möge ihm also die Pille als Laxans zum inneren Stoffwechsel gedeihen!

Die Marksteine bürgerlichen Schlafwandels von Versailles über Weimar und Potsdam bis Bonn hängen fast ausschließlich als wertvolle Originale in den Museen der Welt. Wir haben uns nicht von Kitsch blenden, von Stümpern verführen lassen! Wir haben Kraft und Größe, Schönheit und Glauben aus reinen Quellen getrunken. Wir haben uns nur am Edlen berauscht, am edlen Pathos wie an edler Demut. Nirgends war etwas trüb, kein Bodensatz sozialer Anklage oder gesellschaftlicher Kritik. Der Verfasser erinnert sich nicht, auch nur in einem der vielen Bürgerhäuser, durch die der Weg ihn geführt hat, an der Wand einen Honoré Daumier gesehen zu haben oder einen George Grosz, eine Käthe Kollwitz oder einen Barlach, höchstens mal einen »idyllischen« Zille, aber keinen revolutionären. Die Bilder, zu denen wir morgens unsere Augen aufschlugen, die uns durch den Tag geleiteten, unter denen wir schlafen gingen, diese ewigen Werte, die sollten uns erfreuen oder erheben, sollten uns gläubig oder mutig machen, trotzig oder ergeben – nur nicht kritisch.

Ein Letztes noch: Die Kataloge der einzelnen Abteilungen erheben keinen Anspruch auf Vollständigkeit. Es mag sein, daß der Leser den einen oder anderen Liebling vermißt, der seinen Charakter geprägt, seine Seele erleuchtet hat. Aber wie der Museumsbesucher bei einem Sujet gründlich verweilt, um beim nächsten, vielleicht bedeutenderen, achtlos vorüberzugehen, so auch hier: Der Verfasser will nur seine eigenen Eindrücke werten und wiedergeben.

Und nun bitte anschließen: Die Führung beginnt!

Gewaltiges

Franz Klein (1779–1836): Beethoven

Beethoven hat als genialischer Staubfänger heroischer Töne die Fingerübungen wohl unseres halben musikalischen Nachwuchses überwacht. Mozart als Flügelmann war seltener, Bach Mangelware. Die Schicksalssymphonie ist unserm Seelenleben nun mal gemäßer als ein verspielter Papageno oder ein Kirchenchoral. Und was wir tun, das tun wir ganz, auch beim Tasten auf den Tasten. Die innere Demut vor dem Wert Deutscher Klänge verlangt danach, den Meister nicht nur vor Ohren, sondern auch vor Augen zu haben. Wortwörtlich als Vorbild. Vor falschen Tönen auf der Gefühlsklaviatur war Beethoven zum Glück durch Taubheit geschützt. Da kam alles von innen raus. Was er schöpfte oder schuf, hat sich bis heute als dauerhaft-wertbeständig erwiesen. Als wir nach dem Zusammenbruch Probleme mit unserer Nationalhymne hatten, ist er rettend mit seinem »schönen Götterfunken« eingesprungen. Und im Provisorium Bonn steht die Beethovenhalle als einziges Wahrzeichen für Kultur. Ansonsten spielt sich Deutsche Größe im Wasserwerk ab. Schicksal – Ta-ta-ta-taaa!

Bamberger Reiter (13. Jahrhundert)

Der edle Gipskopf des Bamberger Reiters zierte vor fünfzig Jahren als Hochzeitsgeschenk den Schreibtisch des Verfassers. Wenn man ihm bei der Arbeit so auf einen Meter Entfernung ins treudeutsche Auge blickte, verstand es sich von selbst, daß auf solchen Schädel die Krone eines Weltreichs gehörte. Das Urbild eines Mannes, in den man sich hineinträumen konnte. Er trug die ewig gültigen Deutschen Werte im Gesicht: die kalten Augen und den Falkenblick eines reaktionären Fraktionsvorsitzenden, den verächtlichen Mund und das aggressive Kinn eines Kommissar Schimanski. Wenn man den Rekken leibhaftig sieht, auf seine wahren Maße reduziert, hoch an einer Kirchensäule klebend und schlecht beleuchtet, dann ist er keineswegs mehr so imposant. Ebensowenig wie Alfred Dregger im Schrebergarten oder Götz George in der Eckkneipe. Man muß die Dinge eben ins entsprechende Licht rücken. Bleibt als Synthese zwischen dem königlichen Staufer und dem kumpelhaften Säufer nur noch der Gag des Kabarettisten, der Frau Neureich bei Erwähnung des Kunstwerks ehrfürchtig sagen läßt: Bamberger Reiter? Ein dolles Regiment!

Michelangelo (1475–1564): Erschaffung Adams

Die entblößte Deutsche Seele hat immer irgendwie auch mit Sigmund Freud zu tun. Darum wollen wir in unserer Betrachtung den Adam von Michelangelo und die Danae von Tizian dreist zu einem Komplex kopulieren. Warum auch nicht? Ihre Schöpfer waren verwandte Geister, die Geburtsdaten liegen nur wenige Jahre auseinander, beide lebten und arbeiteten in Italien und haben sich bestimmt in Rom getroffen.

Aber auch ihre Geschöpfe berechtigen zu einer gemeinsamen Lagebesprechung. Wer zweifelt daran, daß ein aufgeweckter Adam auch Leben in eine Danae bringen könnte? Sicher ist es nicht gerade das, was Gottvater mit seiner Berührung bezweckt, aber das erste, was dem begeisterten Adam einfiel, war ja nun mal der Sündenfall. Die Engel scheinen auch schon zu ahnen, was der Herr in seiner grenzenlosen Gutgläubigkeit da anrichtet.

Tizian Vecelli (um 1477–1576): Danae

Frau Danae blickt in der gleichen Erwartung wie Adam zum Himmel auf. Zwar ist es nicht der Geist, der sie überkommt, sondern der heidnische Gott Zeus, der ihr als goldener Regen buchstäblich in den Schoß fällt. Frauen denken, wie man sieht, praktischer und materieller. Wo der Mann sich nach einem Funken Geist sehnt, da nehmen sie es lieber in bar. Dabei sind sie durchaus großzügig und haben nichts dagegen, daß auch für das Personal mal ein Taler abfällt.

Aber seien wir nicht ungerecht! In der heutigen Zeit wären die Personen doch austauschbar. Welcher Adam sehnt sich nicht danach, daß ihn der Gott des Lottos einmal mit sechs Richtigen überschütten möchte! Und welche Danae wäre nicht glücklich, wenn echter, frischer Geist ihre Gedanken belebte, nicht immer nur das Fernsehen, die Bildzeitung oder der Gatte mit seinen Büromonologen und Steuer-Jeremiaden!

Hans Bohrdt (geb. 1857): Der letzte Mann

Der letzte Mann – dramatisches Zeugnis einer buchstäblich versinkenden Größe – überschwemmte als Kunstwerk unser Vaterland im Ersten Weltkrieg. Der Matrose, der mit trotzig erhobener Fahne wie ein Fußballfan dem überlegenen Gegner droht, hatte gewiß den Schlachtgesang auf den Lippen:

Dir woll'n wir treu ergeben sein,
getreu bis in den Tod,
dir woll'n wir unser Leben weih'n,
der Flagge Schwarzweißrot!

Das gleiche Drama wiederholte sich im Zweiten Weltkrieg, wo von 39000 U-Boot-Fahrern 32000 ihr Leben gelassen haben. Und immer weiter geht der Spuk: Es gibt jetzt Unterwasserboote, die Atomraketen abfeuern können oder als getauchte Panzer vor der gegnerischen Küste operieren.
Wir Deutsche haben Pause gemacht, Blaupausen nämlich für U-Boot-Konstruktionen in Südafrika. Dummerweise ist da irgendwas in der Öffentlichkeit aufgetaucht. Aber nun gibt es einen Untersuchungsausschuß, und wir können sicher damit rechnen, daß der Skandal torpediert wird und sang- und klanglos untergeht – mit Mann und Maus bis auf den letzten Mann.

Albrecht Dürer (1471–1528): Ritter, Tod und Teufel

Bei einem Bild, das Ewigkeitswert besitzt, mußte sich doch für jede Generation etwas denken und deuten lassen. Für die heroisierte Vorkriegsjugend verkörperte dieser Ritter Mut, Stolz, Trotz, viel Feind, viel Ehr etcetera bla-bla. Große Worte, längst verweht im Feuersturm der Geschichte. Und heute? Da ist die Betrachtung wohl mehr hintergründig. Tod und Teufel – »das Reich des Bösen«, wie es Ronald Reagan immer wieder beschworen hat. Er könnte der Ritter sein, Cowboy hat er ja beim Film gelernt. Da sitzt er, alt, verdrossen, mit Scheuklappen am Hut, um nicht sehen zu müssen, daß seine Zeit abgelaufen ist.
Und der Gaul, der ihn trägt – und mit ihm den teuren Klimbim der Wehr und Abwehr –, das sind wir. Am kurzen Zügel gehalten, im gehorsamen Trott, sonst gibt's die Sporen. Nein, man sollte das Ganze doch eher als einträchtiges Kleeblatt des Untergangs sehen: der alte Krieger als Dritter im Bunde mit den Kräften der Zerstörung. Das Finale gestaltet die Nato-Film der Wörner-Brothers. Happy End!

Christian Kröner (1838–1911): Oktobermorgen

Röhrende Hirsche – in Moosgrün und Herbstgold, in Öl und Eichenrahmen – fand man vorwiegend dort, wo der Herr des Hauses »den Schöpfer im Geschöpfe ehrte«, bei Leuten also, die einen Jagdschein hatten. Und da vor fünfzig oder dreißig Jahren noch nicht die Hälfte der Kandidaten durch die Jägerprüfung fiel, pirschten mehr Grünröcke durch Löns-Gefilde, als man denkt, röhrten mehr Geweihte durch Plüsch und Samtportieren, als man glaubt. Wenn Papa, der einen Gewehrschrank anstelle eines Bücherschrankes besaß, den Blick vom Schreibtisch erhob, verlor sich das Auge in einer Waldlichtung, deren Fläche etwa der Filmleinwand eines mittleren Vorstadtkinos entsprach. Aus dieser Idylle hustete ihn Tag für Tag ein kapitaler Hirsch an, dem jeder Tierarzt eine schwere Bronchitis diagnostiziert und Brustwickel verordnet hätte. Heute geht ein erbitterter Kampf darum, ob Naturschützer den Hirsch vor dem Jäger, oder ob Jäger die Natur vor dem Hirsch schützen sollen. Am wahrscheinlichsten ist es, daß sich die beiden Kategorien von Grünen dabei gegenseitig ausrotten.

Arnold Böcklin (1827–1901): Die Toteninsel

Die Toteninsel von Böcklin ist nicht eben geeignet, geselliges Leben zu animieren. Man traf sie daher vorwiegend in Räumen der Besinnlichkeit. Im Musiksalon etwa als Kulisse für Grieg und Chopin. Oder im Gästezimmer, um hartnäckigen Logierbesuch zu mahnen, daß des Bleibens auf dieser Erde – und hoffentlich auch in diesem Hause – nicht ewig sei.

Im übrigen gibt es die Insel wirklich. Auf einer Gesellschaftsreise durch die Adria ist ihr Anblick beim Halbtagsausflug nach Korfu pauschal inbegriffen. Fotografieren erlaubt. Ganz in der Nähe liegt das Schloß Achilleion. Kaiser Wilhelm II. hat es im Jahr 1910 gekauft, vier Jahre vor Ausbruch des Ersten Weltkrieges. Majestät hatten ausreichend Gelegenheit, Böcklins »memento mori« rechtzeitig vorher in natura zu studieren. Genützt hat es leider nichts. Halten wir trotzdem fest – vielleicht war dies der Grund für den seelischen Wert des Bildes –: Vom Hohenzollernschloß bis zur Toteninsel war es nur ein Katzensprung.

Geliebtes

Leonardo da Vinci (1452–1519): La Gioconda (Mona Lisa)

Die Mona Lisa des Leonardo da Vinci gehört in die Galerie jener Lieblinge, die der Deutschen Seele besonders nah standen und hingen. In ihren rätselhaften Blick ist so viel hineingerätselt worden, daß sie uns heute mehr Rätsel aufgibt denn je. Wer sich ein bißchen in weiblicher Psyche auskennt, sieht auf den ersten Blick: Diese Person hat es faustdick hinter den Öhrchen! Und vermutlich lag just darin ihr Reiz für die Playboys vergangener Jahre, die noch nicht durch Striptease verwöhnt und durch Bunnies überfüttert waren: der leicht verschwiemelte Blick einer nicht mehr ganz taufrischen, aber mit allen Wassern gewaschenen Bardame, die viel verspricht und nichts hält. Bestimmt hat es auch der gute Leonardo nicht leicht gehabt mit ihr; die hintergründige grüne Gletscherlandschaft deutet an, daß der Eisberg Mona offenbar auch im Atelier nicht aufgetaut ist.

Bernardino Belotto gen. Canaletto (1720–1780): Der Ponte di Rialto in Venedig

Venedig – jeder Deutsche muß mal dort gewesen sein. Wie ist es sonst zu erklären, daß Touristen in der Saison immer nur schubweise vom Festland in die Stadt gelassen werden wie Kunden beim Schlußverkauf ins Kaufhaus? Dieses Bild stellt einen reinen Erinnerungswert dar – etwa an die Hochzeitsreise. Man träumt als Braut sich zurücke: Die aufdringlichen Rufe »Goon-dola!«, der Taubenfutterverkäufer auf dem Markusplatz, der uns auf Anhieb grinsend in der Heimatsprache anredet, während selbst ergraute Oberkellner beim Herausgeben auf die Rechnung kein Wort Deutsch mehr verstehen, die Kohlstrünke und Apfelsinenkisten im trüben Wasser des Canal Grande, die ungewohnten Betten ohne Plumeau und doppelte Kopfkissen, das dünne Bier – ja was war denn eigentlich so schön? Kunst? Architektur? Kirchen? Museen? Ich habe doch fast nichts gesehen – nur dich! Das war Venedig: Du und ich, jung, verliebt und glücklich. Und wenn dann im Strom der Gezeiten auch die Ehe nur noch trübe und träge dahinfließt, bleibt immer noch eins: der Canaletto über dem Sofa ...

Adolph von Menzel (1815–1905): Balkonzimmer

Adolph von Menzels Balkonzimmer unterstrich diskret den tiefen Sinn für gepflegte Häuslichkeit und Deutsches Großreinemachen. Der künstlerische Abklatsch der »guten Stube« war sozusagen ein Garantieschein dafür, daß dieses Heim keimfrei sei und man vom Fußboden essen könne. Seltsamerweise sind die Deutschen Frau Saubermanns auf diese perverse Möglichkeit ja besonders stolz. In entsprechenden Häusern ist dann allerdings meist auch das Essen danach.

Einen Tadel verdient jedoch des Künstlers junggesellenhafte Unbekümmertheit, den zarten Vorhang über die scharfen Kanten der Türflügel hängen zu lassen, anstatt dazwischen, wie es sich doch gehört. Der Gedanke, daß der erste Windstoß den Tüll einreißen läßt, muß doch jede Hausfrau rasend gemacht haben! Und keine Möglichkeit, das in Ordnung zu bringen. Und zusehen zu müssen, wie das Sitzpolster des einen Stuhls in der Sonne verschießt. Wenn sich bloß die Putze kein Beispiel daran nimmt an dieser Schlamperei! Es ist also doch nichts mit dem idealen Haushalt und der Traumwohnung.

Merke: Es gibt keine Ordnung, die nicht durch eine Deutsche Hausfrau noch ordentlicher wird!

Vincent van Gogh (1853–1890): Sonnenblumen

Die Sonnenblumen des van Gogh fallen eigenartig aus der Werteskala der Deutschen Seele. Ihre ungeheure Beliebtheit und Verbreitung bei uns ist eigentlich unerklärlich. In diesem flammenden Chaos ist nichts zu finden von Ordnung, Klarheit, Übersicht und Beschaulichkeit unserer Wunschvorstellungen. Sehen Sie sich das an: Kaum Erblühtes ist mit Überreifem wahllos in einen Topf gesteckt. Es fehlt die pflegefrohe Hand der Deutschen Gartenfreundin! Eine Blume hängt gar vernachlässigt, gebrochen, nach unten. Man hat vergessen, den Teelöffel »Blüh-Frisch« ins Wasser zu geben und den Stengel sachgemäß einzuschneiden. Zudem weiß jeder Balkonbotaniker, daß Sonnenblumen sich stets in eine Richtung wenden, eben der Sonne entgegen. Auch diese uns so sympathische Gleichrichtung ist hier freventlich vernachlässigt!
Van Gogh, der missionarische Sozialist, der Rebell gegen alles traditionsgemäß Festgefügte, hat uns da einen Keim der Aufsässigkeit untergejubelt. Er hat versucht, auch uns eins der Ohren abzuschneiden, an denen Vater Staat seine Pflänzchen zu folgsamen Dienern seiner Ordnungen und Verordnungen hochziehen will. Dies Werk eines kranken Genies sollte uns vor eigener geistiger Umnachtung bewahren. Weit gefehlt: Idioten zahlten auf einer Kunstauktion 70 Millionen dafür.

Albrecht Dürer (1471–1528): Selbstbildnis

Der langmähnige und kinnbärtige Typ würde heute garantiert bei jeder Rasterfahndung im Polizeicomputer landen. Name? Dürer. Beruf? Maler. Was denn, wie denn – mit der Spraydose? Parolenschmierer! An ihren Haaren sollt ihr sie erkennen! Komisch, wir haben Dürers Locken immer als selbstverständlich hingenommen, sogar als schön empfunden. Es war nun mal so Mode. Und eine Mode kann immer wiederkehren. Warum nicht heute bei der Jugend? Denkste! Nein, dagegen hat für Zeit und Ewigkeit der Kommiß eine Bremse eingebaut, als er den Drei-Millimeter-Bürstenschnitt zum Symbol für Anstand, Sitte und Sauberkeit erhob. Jede wilde Tolle gefährdet den Fortbestand eines Staatswesens, weil sich diese Subjekte nicht darum scheren und scheren lassen. Selbst Albrecht Dürer käme heute nicht ungeschoren davon!

Peter Paul Rubens (1577–1640): Kinderkopf

Niklas Rubens, der niedliche Fratz, war uns allen in seiner kindlichen Unschuld ans Herz gewachsen. Als Begriff sozusagen, unpersönlich, zeitlos, überirdisch. In jeder Familie gibt es ja Kinderfotos vom Nachwuchs der eigenen Sippe, Schnappschüsse, Atelierprodukte der Lichtbildkunst, auch Zeichnungen und Gemälde. Aber sie bekommen im Lauf der Jahre Züge der Wehmut – »Damals kriegten wir noch Kindergeld für Niklas.« – oder der Enttäuschung – »Was ist aus dem süßen Niklas für ein rüpelhafter Nickel geworden!« – oder des Zorns, wenn der kleine Engel sich nicht für das Päckchen Zigaretten zu Weihnachten bedankt, durchs Examen fällt oder sich mit dem Gedanken trägt, den Wehrdienst zu verweigern.
Nichts von alledem bei Rubens junior! Sein ganzes Dasein besteht für uns in dieser einzigen Studie. Es bleibt uns erspart, zu erfahren, ob er gespielt, gesoffen oder gehurt hat. Er bleibt für alle Zeiten und alle Eltern stubenrein, herzig und ahnungslos, eine Kinderglück-Konserve, eine eiserne Ration Familienidyll, wenn ringsum die eigenen Söhne und Töchter, Enkel, Nichten und Neffen garstig ins Unkraut schießen!

Georg Kolbe (1877–1947): Tänzerin

Die Tänzerin von Georg Kolbe – erinnern Sie sich? Da liegt nun allerdings nichts drin von sprühender Sinnenlust, nichts von den selbstvergessenen Zuckungen in der Disco. Was Kolbes traumverlorener Nackedei da vorführt, ist eher Sport, Gymnastik, Körperbildung durch rhythmische Übungen! Fast jede unserer Mütter und Schwestern hat das früher probiert in einer der unzähligen Schulen von Mensendieck und Loheland, Bode und Medau, Laban und Mary Wigman. Betrachten Sie sich die Eurhythmie dieser Figur doch einmal genau! Eben hat die Lehrerin gesagt: »Wir üben jetzt den Schwung des Sämanns, der im weiten Bogen aus der rechten Hand das Korn wirft! Bitte Hüftschwünge betonen, das stärkt die Beckenmuskulatur!« Nein, ein selbstbewußtes Mädel hopste damals nicht einfach so sinnlos und ausgelassen herum wie heute, es tat was für seine Figur!

Für Leser, die sich durch diese respektlose Interpretation desillusioniert fühlen, fügt der Verfasser die Deutung aus Brandt, »Sehen und Erkennen«, Leipzig 1925, hinzu: »Es liegt auf diesem Werk eine religiöse Weihe – der reine Leib das Gefäß der reinen Seele, die reine Seele ihre Verkörperung im reinen Leib unter süßen Schauern in beseligendem Rhythmus genießend!« Na bitte!

Anselm Feuerbach (1829–1880): Iphigenie

Feuerbachs Iphigenie ergänzt bei Gebildeten häufig das Abiturzeugnis und gestattet dem Gast, sein klassisches Reifezeugnis abzulegen. Wer vor dem Bild gefühlvoll deklamiert: »Das Land der Griechen mit der Seele suchend ...«, der kann sicher sein, mit »Herr Doktor« angeredet zu werden, auch wenn das Zitat nur ein letztes Aufdämmern aus Untersekunda ist. Feine Leute hatten die Iphigenie auch schon mal im Abonnement gehabt, aber meist nur die Kinder reingeschickt oder die Plätze gegen »Frau Luna« getauscht. Man erinnert sich des Theaterbesuchers, der nach dem Öffnen des Vorhangs beim Anblick einer Tempeldekoration enttäuscht ausrief: »Säulen? Schon Mist!«

Neben dem klassischen Bildungswert besitzt das Gemälde auch einen starken Gefühlswert. Wie viele Gattinnen, die gleich Iphigenie Ärger mit der Familie hatten, mögen sich in die Gestalt hineingeträumt oder mit ihr hinausgesehnt haben! Manche konnten rasch durch eine Gruppenreise zur Akropolis nebst Delphi und weiteren Kultstätten der frommen Hellenen für immer geheilt werden. Andere lebten sich in eine solche Seelenverwandtschaft hinein, daß sie sogar das Faltengewand kopierten, um es zum Kostümball zu tragen. Da wirkte es dann ganz natürlich, wenn man beim Tanzen sitzenblieb ...

Genüßliches

Pieter Brueghel d. Ä. (um 1525–1569):
Die Bauernhochzeit

Daß der fröhliche Landmann einmal das Rückgrat der Nation war, ist unbestritten. Bilder wie diese Bauernhochzeit ließen uns von Herzen teilnehmen am kargen, aber heiteren Leben des Landvölkchens.
Heute erinnert es uns eher an den Agrarmarkt der EG. Die Landwirtschaftsminister tragen auf – die Anzahl der Fettnäpfchen entspricht der Anzahl der Nationen –, und Kiechle läßt mit lockenden Flötentönen aufspielen. Was dem Bauern da serviert wird, ist wohl das Linsengericht, um das er verkauft wurde, vielleicht auch nur eine dünne, verwässerte Kohl-Suppe. Da kann einem schon der Appetit vergehen. Im Vordergrund wird zwar noch mit dem Weinkontingent herumgepanscht, ansonsten ist aber die Bauernfängerei zwischen Butterberg und Milchsee gelaufen.
Aber wer weiß, vielleicht erheben sich doch noch gebratene Wachteln von den Stillegungsflächen, schießt das Getreide zum Preis des Herrn Heereman. Denn das eine weiß inzwischen auch der dümmste Bauer: Kommt Zeit, kommt Subvention!

Eduard Grützner (1846–1925): Beim Klosterbier

Nicht nur die Deutsche Seele, auch die Deutsche Kehle setzt Wertmaßstäbe. Die frommen Brüder beim Klosterbier, selig lächelnd, die Knollennase leicht gerötet, waren Dokument und Ablaß für den vom Himmel genehmigten und gesegneten Suff. Vorausgesetzt, das Bier war so rein wie das Herz. Und alle teuflischen Intrigen der Europäischen Gemeinschaft, diese Reinheit zu unterlaufen, werden an den Pforten bayerischer Sudhäuser zuschanden.
Mönche sind ein festes Glied in unserer nationalen Trinkergeschichte, die von den alten Germanen über Klöster und Landsknechtslager, Zunftstuben und Korpshäuser zu Stammtisch und Oktoberfest führt. Der dicke Bruder Kellermeister, der genießerische Bruder Pförtner, der malz-, hopfen- und rebenkundige Abt, das ist eine irdische Dreieinigkeit, der man als dürstender Christenmensch getrost die Führung durch dies Jammertal anvertrauen kann! Wer einmal das faszinierende Duftgemisch von Weihrauch und Bierhefe im Klosterhof von Andechs geatmet hat, der spürt, wie Gott sich den Sündern gleicherweise im Maßkrug wie im Meßkelch nahen kann. Der Böse meidet ja meist den Tisch des Wirts wie den des Herrn. Seien wir darum den geweihten Seelenkrämern dankbar für alles, was sie sich zu Nutz und uns zu Frommen verkaufen: Seligkeit und Bier, Schnaps und Vergebung, Glaubenskraft und Traubensaft!

Caspar David Friedrich (1774–1840):
Kreuz im Gebirge

Hier kredenzen wir Ihnen den bekanntesten und beliebtesten Schlummertrunk, den Caspar David Friedrich für die müde Deutsche Seele gebraut hat – Das Kreuz im Gebirge. Das war wirklich der Gipfel: Deutsche Heimat und ewige Heimat, Alm und Allmacht, Leuchten über Latschen! Das war Bergwind, der unserm Gemüt Auftrieb gab in ungeahnte Höhen. Zwischen Deutschem Tann auf Deutschem Fels der Deutsche Heiland in Deutscher Abendröte. Auch hier hat der Künstler bestimmt nicht das in sein Bild hineingelegt, was eine »neue Zeit« herausgelesen hat. Man ahnt höchstens, wie hoch pathetische Gefühle in diesem Land sich versteigen und in welche Tiefen sie sich verirren können. »Uns geht die Sonne nicht unter«, sang eine Nation, die sich stark genug glaubte, nicht nur ihre Welt, sondern so nebenbei auch gleich den gesamten Kosmos auf den Kopf stellen zu können. Und heute sind die andern, die gläubig in die rosaroten Wölkchen hinaufschauen und denken: »Wer nur den lieben Gott läßt walten . . .« Etwas Lähmendes geht aus von diesem Idyll des Abendfriedens, dem überirdischen Glanz einer vom Schöpfer geliebten und getragenen Welt. Kein Gedanke an chemische Gifte und Ozonloch, an tödlichen Kahlschlag und verstrahlte Pilze im Gebirge. Laßt uns doch damit in Frieden!

Otto Quante (1875–1947): Die Sorglosen

Hier noch einen Leckerbissen für Gemütsmenschen: Die Sorglosen von Otto Quante. Sie gehören zur großen Familie von Vagabunden, mit denen der Maler unser Innenleben überreich bevölkerte. »Die Phantasie beschützt ein rein Gemüt«, besagt eine Deutsche Spruchweisheit. Hier hatte die Phantasie wahrlich ein weites Feld, sich auszutoben! Vom Nichtstun träumen, wenn die Akten sich neben dir stapeln, von geflickten Hosen, wenn der Smoking noch nicht bezahlt ist, bettelarm sein, wenn der Steuerbescheid kommt, barfuß durch die Natur, statt im Taxi zum Flugplatz, rauschende Blätter statt billiger Asphaltpresse, Vogelgezwitscher statt leerer Kanzlerworte!

Natürlich denkt die Phantasie nicht weiter. Sie denkt nicht an die Dunkelheit, die auch auf unsere Pennbrüder wartet, nicht an die Kälte, den harten Strohsack und die dünne Suppe im Asyl. Quantes Wunschtraumland, nur durch die Hintertür des Gemüts zugänglich, stagniert. Wenn der Zeiger der Weltenuhr weiterrückt, gehen unsere Freunde als Drückeberger stempeln, fegen Tiefflieger durch den Sommerhimmel, verheizen Campingfreunde die Bank im Feuer ihrer Grillparties.

Wer weiß, vielleicht haben uns solche Bilder schon einmal zu sorglos gemacht, zu gemütvoll gestimmt. Wie sagt Lassalle: »Des Menschen Gemüt ist sein Geschick.«

Rembrandt (1606–1669): Selbstbildnis mit Saskia

Wenn wir sehen, wie heute nach einem Grand-Prix-Sieg oder nach einer gewonnenen Fußballschlacht Champagner verspritzt wird, blutet den Ästheten unter uns das Herz. Sehnsüchtig blicken wir dann auf Rembrandts Selbstbildnis mit Saskia und trauern dem gepflegten Suff nach. Der Junker in Galauniform mit der Plempe an der Seite und Gnädigste auf dem Schoß. Weiber und Sekt – hurra! Die Potsdamer Gardeleutnants bei Liebesmahl und Damenfête, Kommandeuse an der Tête! Ja, das waren noch Zeiten, als Deutschland hoch in Ehren sich auf die dreifache Feste seiner Größe und Herrlichkeit verlassen konnte: die bibelfeste, sattelfeste und trinkfeste Elite der preußischen Armee! Zu dumm, daß man einen Marx oder Lenin nicht einfach totbeten, überreiten oder unter den Tisch trinken konnte ...
Zugleich gemahnt das Bild stündlich an die nationale Pflicht, Schampus zu trinken für die kaiserliche Flotte, die ja bekanntlich aus der Sektsteuer aufgebaut wurde. Die Schlachtkreuzer sind längst abgesoffen, die Saufkreuzer in den Steuersäckel zahlen wir immer noch, ahnungslos, zu welchen Bonner Luftblasen wir mit unseren Sektbläschen heute beitragen.

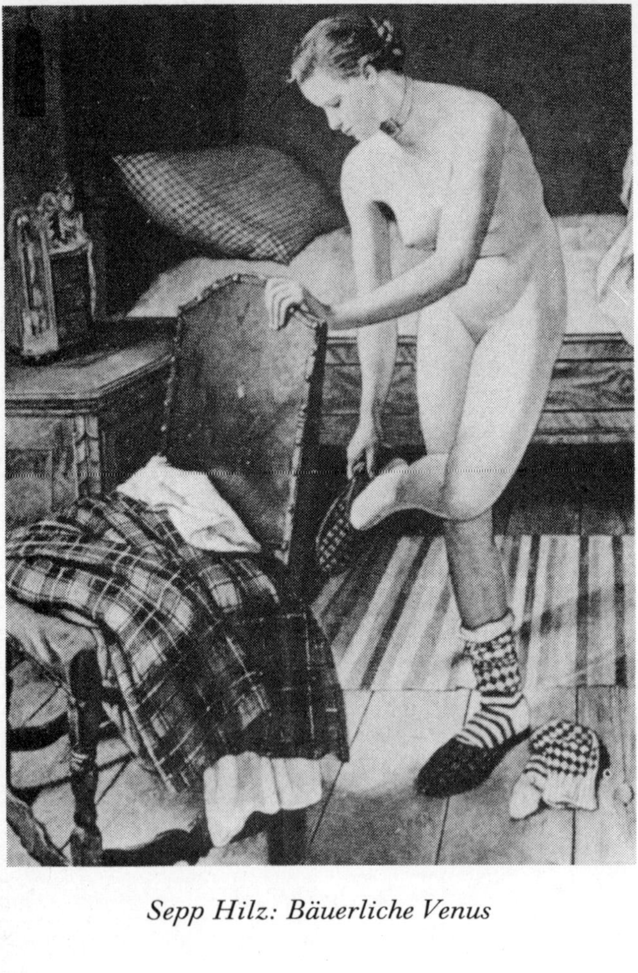

Sepp Hilz: Bäuerliche Venus

Die Bäuerliche Venus von Sepp Hilz war ein freundlicher Wink, daß die Buntkarierten nicht unbedingt nur zum Schlafen da seien. Die Nazis lobten dies Bild für die »unbefangen dargebotene Schönheit eines Bauernmädchens«. Entweder war das auch eine NS-Propagandalüge, oder die Reichskulturkämmerer waren vor lauter »Lebensborn« so lebensborniert, daß sie wirklich nichts von Erotik verstanden. Die Unschuld vom Lande, die da mit so gräßlichen Liebestötern wie Filzpantinen und Wollsocken hantiert, wirkt an sich zwar weder frivol noch unzüchtig. Aber das Ganze ist doch aus der Perspektive des fensterlnden Voyeurs gemalt – und keineswegs ohne Hintergedanken! Fragen Sie Frau Alice Schwarzer! Beobachtung, Entdeckung, Überraschung, männlicher Jagdtrieb auf weibliches Wild, das sich ahnungslos jede Blöße gibt, Pan und Nymphe, Susanne im Bade – ein uralter Kunstgriff erotischer Malerei. Das ist keine Aktstudie, hier geht es nicht nur um die Darstellung des weiblichen Körpers an sich. Hier ist auf die Schlüsselloch-Atmosphäre spekuliert, deren Reiz zwischen Ehepartnern verlorengeht; es ist eine Bettszene, deren Weiterführung der Phantasie des Betrachters überlassen bleibt. Darum hing es ja auch in so vielen Schlafzimmern, weil unseren Ehen nichts so sehr fehlt wie Phantasie!

Frans Snyders (1579–1657): Stilleben

Hier sehen wir, was Leib und Seele zusammenhält: das Stilleben über dem Büffet im Speisezimmer. Beim gehobenen Bürgertum gehörte das Freßbild zum Essen wie das Altarbild zu Messen. Meist war es – wie hier – so raffiniert zusammengestellt, daß man sich daran auch mit vollem Magen nicht satt sehen konnte. Denn nach Kalbshaxe bürgerlich und Schokoladenpudding kann man immer noch ein paar Happen träumen von Rebhuhn, Schnepfe und Fasan, von Hasenrücken und Hummercocktail, von Spargel vinaigrette und Artischockenböden. Wir bewundern die Franzosen, die am Fleischsaft einer Ente eine kultische Handlung zelebrieren. Wir beneiden die Schweden, die aus einem Krebsessen eine Orgie vitaler Lust bereiten. Wir Deutschen stehen dagegen nun einmal fest mit beiden Füßen auf dem Boden einer Schlachtschüssel mit Sauerkraut. Wir sind zwar keine Feinschmecker, aber unsere Freßpäpste sind dafür die größten Besserwisser, die der übrigen kulinarischen Welt Noten und Sterne verteilen. Wir gehen an das Essen mit der uns eigenen Gründlichkeit heran. Wir haben mit festem Blick auf den leeren Nachkriegsteller geschuftet, bis wir wieder eine Freßwelle hatten. Und nun reden wir wieder vom Essen, Tag und Nacht: vom zu vielen, zu fetten Essen, von Fastenkur und Null-Diät. Nur bei uns konnte sich das Wort »Mahlzeit!« zum Volksgruß entwickeln.

Albrecht Dürer (1471–1528): Händestudie mit Bibel

Albrecht Dürers Händestudie mit Bibel finden wir im Lesebuch für Höhere Lehranstalten in Bayern, Band 1. Das Bild illustriert eine rührselige Geschichte von Vaters guten, starken Händen, die »von zäher Arbeit gesegnet« waren. Auf geistiger Arbeit ruht dagegen in Bayern offenbar kein Segen.

Daß Vaters Hände wie die von zweieinhalb Millionen untätig im Schoß ruhen, muß man nicht erwähnen. Als Trost für das Kündigungsschreiben bleibt eben die Heilige Schrift.

Wir blättern in den 320 Seiten Bildungsgut für höhere Schüler. Dürer begegnet uns viermal, ebenso Brueghel, Ludwig Richter ist dreimal vertreten. Dann sind da Schongauer, Caspar David Friedrich, Feuerbach, Thoma und Schwind. Die Zeit scheint hier stehengeblieben zu sein. Endlich ein Wichtelmännchen und ein Köhler von Kubin und die Rehe von Franz Marc. Aus! Sollen wir denn überhaupt etwas dazulernen?

Verantwortlich für die völkische Konserve, die heute noch an Schulen verfüttert wird, zeichnet das Bayerische Staatsministerium für Unterricht und Kultus ...

Gelobtes

Johann Heinrich Tischbein (1722–1789):
Goethe in Italien

Ohne Goethe geht auch hier nichts. Einer der bedeutendsten Werte auf literarischem Gebiet ist zweifellos der Zitatenschatz des Geheimrats. Dazu gehört auch die Frage: »Kennst du das Land, wo die Zitronen blühn?«, in dem sich hier der Dichterfürst malerisch hinstreckt. Es ist allerdings eine Atelieraufnahme von Herrn Tischbein vor antiker Kulisse. Schlichtem Ruhebedürfnis kann die abgelagerte Positur kaum entsprechen. Die blank geputzten Schuhe lassen nicht auf einen ermüdenden Fußmarsch durch den Staub der Campagna schließen, und trotz der linken Handbewegung ist kein Grund ersichtlich, warum dem Olympier das Knie schnakkeln sollte. Daß er sich auf harten, kantigen Trümmern eines Tempels gebettet hat, wäre ein klassisches Plakatmotiv für Reisebüros. Aber inzwischen kennt jeder Deutsche sein Italien längst besser als seinen Goethe.

Walther von der Vogelweide (Manessische Handschrift, Anfang des 14. Jahrhunderts)

Herr Walther von der Vogelweide verkörperte die seelischen Eckwerte unserer Nation. In erster Linie sind wir nun mal Dichter und Denker. Genauer gesagt, Nach-Denker; das Vorausdenken liegt uns weniger. Wenn ein Deutscher denkt – Sie sehen es –, dann raucht es förmlich. Und wo er hindenkt, da wächst kein Gras mehr. Sogar die Blumen welken und lassen die Köpfe hängen. Stoßen Sie sich bitte nicht an dem Schwert. Wir benutzen es fast nur als Unterlage für unser Denken. Und gelegentlich als Gedankenstütze für Nachbarn, die nicht so denken wollen wie wir. Böse Zungen sprechen dann vom Volk der Richter und Henker. Aber über solche albernen historischen Kalauer geht der alles bewältigende Deutsche Geist lässig hinweg.
Der Vogel auf dem Grill, der wie eine Reklame für eine Hühnerbraterei aussieht, ist Herrn Walthers Wappentier. Es ist literaturgeschichtlich belegt, daß er bei diesem Gedicht nur seinen Schatz und keinen andern Vogel im Kopf hatte. Obwohl – sieht er nicht doch so aus, als studiere er eine Speisekarte und mache sich Gedanken? Vielleicht über die Anzahl der Becquerel im gefüllten Wildfasan?

Nofretete (14. Jahrhundert v.Chr.)

Die Büste der Nofretete bevölkerte das Deutsche Innenleben vieltausendfach in den goldenen zwanziger Jahren. Eigentlich unbegreiflich, denn das vornehme hamitische Antlitz war doch sozusagen der plastische Ausdruck einer Zeiterscheinung, die den konservativen Kreisen ein Dorn im Auge war. Damals beherrschte die »Niggermusik« das Parkett, »Niggertänze«, die sich bezeichnenderweise Shimmy, Boston oder Charleston nannten. Welch hassenswerte Verfremdung Deutscher Art!

Da spricht der Tutankhamen:
Daß sich die Leut' nicht schamen,
sie steigen da herum
im Altertum!
Ob's Isis und Osiris
so mies is, wie's mir is?
Aber ich denk' mir etwas stumm
und dann dreh' ich mich um!

Hat etwa die Begeisterung über den Tutankhamen-Shimmy den Deutschen Bürger bewogen, sich etwas Altägyptisches ins Zimmer zu stellen? Aber warum dann nicht etwas Wertvolleres, in Gold vielleicht? Der bemalte Kalkstein aus Amarna ist sicher schön, aber bei weitem nicht das Kostbarste, was am Nil ausgebuddelt wurde. – Nun, Deutsche Seele, sei beruhigt: Nichts da von artfremder Liebedienerei! Im Gegenteil, nationaler Stolz kam hier auf seine Rechnung. Die Nofretete war nämlich, wie Brockhaus sich vornehm verschleiert ausdrückt, »in das Berliner Museum gelangt« – und damit ein typisch Deutscher Gegenstand!

Raffael Santi (1483–1520): Sixtinische Madonna

Zu den unsterblichen Werten der Deutschen Seele zählt die Frömmigkeit, die sich durch Madonnenbilder und Engelchen über den Kinderbettchen eindrucksvoll zur Schau stellen läßt. Sie hat wenig zu tun mit innerlicher Gläubigkeit, die sich im Herzen oder in der Stube ihren Herrgottswinkel einrichtet. Apostel und Madonnen, vor allem die Sixtinische, weisen diskret, aber unübersehbar den Weg zur Himmelstür. In besseren Läden des Auslands findet man häufig den Hinweis: »Hier spricht man deutsch.« Ähnlich sagen diese Bilder: »Hier wird geglaubt.« Ganz zwanglos natürlich, wie es sich für ein tolerantes Haus gehört.

Dieses Werk von Raffael ist als dezente Reklame für die himmlische Heimat besonders geeignet. Maria wirkt nicht so schrecklich fromm, und es fehlt das verbindliche Attribut des Kreuzes. Man durfte sie guten Gewissens auch Andersdenkenden zumuten. Sie ist übrigens auch ohne Engelchen im Handel, um sie nicht auf das christliche Abendland zu fixieren. Wer wollte, konnte in ihr lediglich das berühmte Kunstwerk sehen, eine rührend schöne Mutter mit Kind, die nicht unbedingt zu Glaube oder Andacht verpflichtet. Ebensowenig wie das große C im Namen einer politischen Partei.

Albrecht Dürer (1471–1528): Bildnis der Elisabeth Tucher

Das Geld ist dem Menschen seit jeher lieb und wert – als klingende Münze oder Wertpapier:

Wenn das Geld im Kasten klingt,
die Seele aus dem Fegfeuer springt.

Sogar der Seelenfriede ist käuflich, auch heute noch. Und da liegt der Kopf der Elisabeth Tucher unserm Herzen sehr, sehr nahe – in unserer Brieftasche. Er ziert den grünen Zwanziger. So sorgt die Deutsche Bundesbank für Kunstverstand nach Noten. Wie diese Dame, so führen auch noch andere Goldonkels ihr Schein-Dasein auf unserm lieben Geld, wahrscheinlich alles sehr vorbildliche Charakterköpfe, die den Lehrsatz bestätigen: Hast du was, dann bist du was!

Geld soll zwar angeblich nicht glücklich machen, aber, wie man sieht, in einigen Fällen unsterblich, wenn auch der Ausdruck der Tante Tucher zu sagen scheint, eine mehrstellige Existenzgrundlage sei ihr lieber.

Vielleicht finden unsere Enkel einmal den Kopf von Stoltenberg auf ihren Tausendern. Das wäre immerhin eine schöne Möglichkeit, diesen Herrn doch mal in den Sack zu stecken.

Ferdinand Hodler (1853–1918): Der Holzfäller

Hodler war Schweizer, gewiß, aber hier tritt er uns unzweifelhaft deutschstämmig gegenüber. So gab er zu seiner Zeit einer Generation von »Tatmenschen« die Anregung, sich zu benehmen wie die Axt im Walde.
Apropos Wald – heute dringt das schneidige Vorgehen des Kraftmeiers tief ins Deutsche Gemüt. Dem Baumsterben durch sauren Regen und Autoschadstoffe wird ja auch durch geschäftstüchtige Baulöwen kräftig nachgeholfen. Ob es sich hier um einen neuen Sessellift handelt oder um die Grundsteinlegung für das Super-Sport-Gipfelhotel, ist weder ersichtlich noch wichtig. Auch schon einem Golfplatz stehen Bäume im Weg. Und Sport ist nun einmal gesund und hat Vorrang. Wer das nicht einsieht, den soll der Schlag treffen!

Kurt Vogler (geb. 1893): St. Bartholomä

St. Bartholomä findet sich hier stellvertretend für die endlosen Ketten von Matter-, Silber-, Spitz- und Alphörnern, die zwischen Sesselschonern und Sesselliften Höhenluft ausstrahlten. Besonders beliebt waren die gigantischen Häupter, wenn sie sich obendrein in einem kristallenen Bergsee spiegelten. Zu Füßen dann noch die Kapelle, damit man vor lauter Naturalismus auch ja den lieben Gott nicht vergißt! Das war der Deutschen Seele Vaterland, das eine Ende davon, der hymnische Begriff »Etsch«. Auch Flachlanddeutsche, die zur Sommerferienzeit lieber im »Belt« baden gingen, brauchten offenbar den Anblick von Germanias eisiger Südflanke zur Abrundung ihres nationalen Heimatbildes: Von der Qualle bis zur Gemse, vom Strandhafer bis zum Edelweiß – über alles in der Welt!

Gemütliches

Albrecht Dürer (1471–1528):
Die Mutter des Künstlers

Der wertvollste Begriff, der die Deutsche Seele klingen und schwingen läßt, ist das Wort Mutter. Vieltausendmal besungen und beschworen in Liedern und in Schlagern, und selbst immer wieder ein Schlager in den politischen Schlägereien des Sozialstaats, von der jungen Mutter, um die sich Rita Süssmuth bemüht, bis hin zur Trümmerfrau. Vergessen wir auch nicht das legendäre alte Mütterchen, das bei Kundgebungen dem jeweiligen Bundeskanzler in stummer Dankbarkeit die Hand zu drücken pflegt. Warum, weiß keiner.

Dürer hat seine Mutter nicht idealisiert. In ihrem Gesicht kann man ein Schicksal ablesen, das von Kummer, Leid und Enttäuschung erzählt, von Sozialhilfe, Altenheim und Pflegestation. Kein Titelbild für eine Illustrierte, kein Wandschmuck für das Zimmer eines Sozialministers.

Mutter, Muttertag, Mutterkreuz – idealisierte Wert- und Worthülsen. In der rauhen Wirklichkeit ist die alte Frau ein stilles Ärgernis, das den Staatshaushalt belastet mit Krankengeld und Rente. Gute Nacht, Mutter …

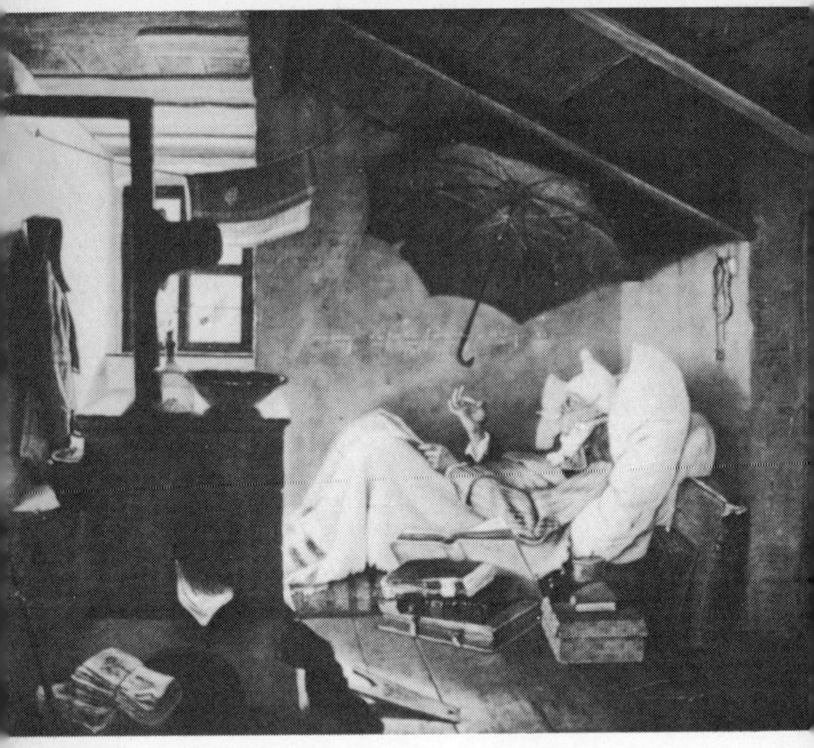

Carl Spitzweg (1808–1885): Der arme Poet

Der Poet von Spitzweg zeigt klar den Unterschied zwischen der wunderschönen Deutschen Gemütlichkeit, wie sie am Rhein beim Wein schunkelnd besungen wird, und dem Gemüt, dem Niemandsland zwischen Herz und Verstand, das Dichter vornehmlich für sich gepachtet haben.
Gemütlich hat er's wahrhaftig nicht, der arme Schlucker auf seiner Matratze in der schiefen Dachkammer, wo es auch noch hineinregnet. Aber er strahlt unerhört Gemüt aus. Er dient schlechthin als Beweis für die Behauptung: »Das Gemüt macht reich!« Als Kollege müßte man ihn hassen. Anstatt zu Funk oder Fernsehen zu gehen und das Dichten dem Dachdecker zu überlassen, gefährdet er die Existenz aller Autoren. Denn seither gelten Poeten, die durch Arbeit und Erfolg reich werden, als verdächtig. Der Deutsche Lyriker muß arm und verkannt sterben, der Deutsche Satiriker hat als verfolgtes Kellerkind dahinzuvegetieren, so verlangt es das Deutsche Gemüt. Nicht nur ihr Ruhm gehört der Nachwelt, sondern leider auch ihr Verdienst; von den Tantiemen dürfen sich dann die Erben Nachtlokale kaufen oder Rennställe zulegen. Auch die Gattin eines lebenden Dichters ist ein armes Luder, das brotlos im Schatten dahinwelkt. Erst als Dichterwitwe erwacht sie dann zur literarischen Betriebsnudel, zum Verlegerschreck, zum emsigen Spinnenweibchen, das aus dem Vermächtnis des Abgeschiedenen einträgliche Gespinste wirkt!

Hans Thoma (1839–1924): Frühling

Wenn man einen Computer mit den Begriffen der »Deutschen Werte« füttern könnte, dann würde er neben den Resultaten »Deutscher Sang« und »Deutsche Weihnacht« alsbald auch den »Deutschen Frühling« ausspucken. Den Frühling, wie ihn uns Hans Thoma gemalt und Mörike bedichtet hat. Warum haben gerade wir uns so mit dem Frühling? Sicher ist er mehr als ein Termin im Kalender. Gewiß kann er ein Erlebnis sein, im Tessin ebenso wie auf Rhodos, am Don oder bei uns. Aber nein – bei uns ist es eben anders. Da lenzt es tiefer. Wenn es an der Zeit ist, kommt nämlich mit dem Knospen und Sprießen auch die Deutsche Seele zum Erblühen. Das Erwachen der Natur ist nur das auslösende Moment: Der Deutsche Frühling findet im Deutschen Gemüt statt. Mit Lämmerwölkchen und Mandelbäumchen, mit Vogelsang und Kinderklang, mit Sonnenschein und Ringelreih'n. Der grimme Winter muß noch ohnmächtig von den Bergen dräuen, die Au muß grünen und die Geiß werfen. Ein schwarzes und ein weißes, damit's ins Bilderbuch paßt und ins Kinderlied. Und wetten, daß auf dem fernen Kirchendach ein Storchenpaar nistet? Sonst wäre ja der Deutsche Seelenlenz nicht komplett!

Giovanni Segantini (1858–1899): Ave Maria

Ave Maria – ein tröstliches Bild, nicht wahr? Der brave Familienvater, der da still mit allen seinen Lieben heimwärts strebt. Kein Wölkchen am Horizont, der noch vom Gold gnädiger Wachstumsjahre überstrahlt ist. Und im Hintergrund, fest, stark, überragend, die Burg Gottes. Friede und Zuversicht – könnte man denken.

Aber das Bild läßt auch eine andere Deutung zu, die der Wahrheit entschieden näherkommt. Betrachten Sie die Fahrtrichtung der Familienfuhre: Sie kehrt Heimat und Kirche den Rücken! Oder ist es ein Atommeiler? Ja, da hat einer gemerkt, daß die Sonne der Konjunktur untergeht und eine böse Nacht heraufzieht. Und unser Schlaumeier bringt rasch noch seine Schäfchen ins trockene. Wo? Am andern Ufer des Sees – am Schweizer Ufer!

Ludwig Richter (1803–1884):
Die Überfahrt am Schreckenstein

In diesem Bild liegt so viel Deutsche Seele, daß es schon fast ein bißchen zu dick aufgetragen ist. Da werden auf dem Strom des Schicksals vom Opa bis zum Enkel gleich drei Generationen verschaukelt. Nicht einer schaut voraus, wohin die Fahrt geht, nicht mal der Leiter des Unternehmens an der Spitze. Der aufrechte Deutsche mit der Aktentasche auf dem Buckel blickt empor zum Konjunkturgipfel. Daß da verborgene Klippen drohen, wird von dem Alten mit der Leier überspielt – immer das alte Lied. Von allem unberührt in der Mitte das traute Liebespaar, das der Zukunft den Rücken zuwendet und sich treiben läßt. Die Schwangerschaftsberaterin vor ihnen macht sich mit Recht Gedanken, wo das hinführen soll. Egal – bei uns muß doch alles ausgetragen, ausgesessen oder ausgebadet werden!

Hans Thoma (1839–1924): Das wandernde Bächlein

Das wandernde Bächlein von Hans Thoma durchzog, lieblich plätschernd, Stube, Seele und Gemüt. So licht, so schlicht, so traut! Man möchte zur Klampfe greifen und aus voller Wandervogelbrust das Lied vom schönsten Wiesengrunde schmettern. Der Eindruck von Gottes freier, unberührter Natur ist vollendet getroffen – ein vollendeter Betrug! Denn da es sich um einen Deutschen Bach handelt und eine Deutsche Wiese, muß hier eine Tafel stehen:

Betreten verboten!
Zelten verboten!
Blumenpflücken verboten!
Angeln verboten!
Baden verboten!

Der Künstler hat dies Dokument behördlicher Naturverbundenheit nur nicht mit ins Bild gebracht. Vielleicht aus Dank dafür, daß man ihn nicht erwischt hat. Bestimmt stand auf der Tafel auch:

MALEN VERBOTEN!
Der Bürgermeister.

So wäscht eben mitunter ein Pinsel den andern.

Albrecht Dürer (1471–1528): Junger Feldhase

Der Dürerhase als Symbol ließ das Seelenpendel wieder so schön nach der empfindsamen Seite ausschlagen. Die stoische Besinnlichkeit des kleinen Tierchens, das von nichts weiß, verschaffte uns ein über 400jähriges Alibi für Harmlosigkeit. Nur eins hat uns das Langohr, von zahllosen Dürerhäusern in Millionen Heimen geheckt und geworfen, nicht beibringen können: Wie leicht man doch das Fell über die Ohren gezogen bekommt! Eher müssen wir uns von staatlichen Fabulierern erinnern lassen, wie böse und raffiniert doch so gewisse Swinegel dem armen Deutschen Karnickel mitspielen können. Die lauern doch nur auf uns in den Furchen, die unseren Krautacker von ihrem da drüben trennen. Besinnen wir uns auch auf die Mär von den sieben Schwaben. Sie verfolgten ein Ungeheuer, das sich als Has entpuppte. Man könnte dies Märchen heute durch die längst vergessene und trotzdem wahrhaftige Geschichte ergänzen, wie ein friedliches Häslein sich als Ungeheuer entpuppt hat. Ein Deutsches Dürer-Häslein ...

Wolf Gerlach (geb. 1928): Mainzelmännchen

Der Fernsehschirm als Wechselrahmen für Kunst und Bildung in der bundesdeutschen Wohnstube beglückt uns über alle Maßen mit den Mainzelmännchen. Sie gehören in das Reich der kindlichen Phantasie, die Heinzelmännchen der Werbung, die zwischen tausend märchenhaften Markenartikeln herumhantieren, die Zwerge, die statt Schneewittchen viele, viele Schneeweißmacherchen zwischen sich herumschleppen. Die Auflage der Kinderbücher, die es von ihnen gibt, dürfte die halbe Million überschritten haben. Sie kopieren in ihrer kindlichen Naivität den Geist eines Ludwig Richter, sie erinnern an die tanzenden Rangen eines Thoma, sie blasen des Knaben Wunderhorn des Moritz von Schwind, das die höchsten Werte dieses Lebens besingt, vom Deodorant bis zum Alleskleber für die Zahnprothese. In Spitzwegs Zipfelmützen verkaufen die kleinen Deutschen Michel Biederkeit und Frohnatur, Gemüt und Seele – neckische Hüter jener innersten Werte, die wir an uns selbst so bewundern!